i

imaginist

想象另一种可能

理
想
国

imaginist

木心全集

伪所罗门书

木心

上海三联书店

图书在版编目（CIP）数据

伪所罗门书 / 木心著 . —上海：上海三联书店，
2020.5
（木心全集）

ISBN 978-7-5426-6951-3

Ⅰ . ①伪… Ⅱ . ①木… Ⅲ . ①诗集－中国－当代
Ⅳ . ① I227

中国版本图书馆 CIP 数据核字 (2020) 第 005065 号

伪所罗门书

木心 著

责任编辑 / 殷亚平
特约编辑 / 曹凌志　雷　韵
装帧设计 / 陆智昌
制　　作 / 陈基胜　马志方
监　　制 / 姚　军
责任校对 / 张大伟

出版发行 / 上海三联书店
　　　　　（200030）上海市漕溪北路331号A座6楼
邮购电话 / 021-22895540
印　　刷 / 山东韵杰文化科技有限公司

版　　次 / 2020 年 5 月第 1 版
印　　次 / 2020 年 5 月第 1 次印刷
开　　本 / 787mm×1092mm　1/32
字　　数 / 36千字
图　　片 / 3幅
印　　张 / 6.375
书　　号 / ISBN 978-7-5426-6951-3/I·1597
定　　价 / 58.00元

1990 年

中午，像農民那樣吃點麵包、奶酪
舒杯葡萄酒，佇立窗畔，坐落門階
紫褐的土壤，青翠的草地樹木
鄉間色調柔和，眼睛整日得以休息
偶有鴉啼數聲，除此別無擾音
烏鵲飛來啄食野枇杷，那是季節
我每日修剪山楂樹組成的藩籬
已剪了一半，心裡想着全部剪平
屋子下方坡面，八棵橡樹前年種的
該鬆鬆土，十月施糞肥，三月施鉀肥
當初周圍的村民聽說我摘了橡實
指手劃腳 嘮叨不休，無法阻止
如今我的橡樹每棵都長得好，很好
兩年未到六十厘米甚至七十厘米高了

肉體是一部聖經

到十月底．十一月．還將播下栗子
我發覺農民是憎惡土地的．尤恨樹木
只憑我單戶匹夫來崇尚泥層和植物
栗樹比橡樹更其長得快．真快
三十年枝繁葉密．一百年參天巨木了
只要耐性等待．幸我素以耐性著名
在這裡我一無所友．誰也不理會誰
只與那個青年有約．他駕車送肥料
幫我幹掘樹坑栽果木的重活兒

時序、秋高、楓葉紅，樺葉黃

下雨、道途泥濘．安心廚下烹飪
我視力上佳．能精辨物體的時形黑彩
可惜我是在以這種方式消磨時光

秋季顯得長．楓叶紅．樺叶黄 1938

伪所罗门书

目 录

一 辑

二 辑

五　辑

六　辑

七　辑

以所罗门的名义，而留传的箴言和诗篇，想来都是假借的。乔托、但丁、培根、麦尔维尔、马克·吐温，相继追索了所罗门，于是愈加迷离惝恍，难为举证。最后令人羡慕的是他有一条魔毯，坐着飞来飞去——比之箴言和诗篇，那当然是魔毯好，如果将他人的"文"句，醍醐事之，凝结为"诗"句，从魔毯上挥洒下来，岂非更其乐得什么似的。

　　　　　　　　　　　　　　2005 年　纽约

第
一
辑

汗斯酒店

我又登鞍上程

已经快傍晚了

马匹跑过很多路

我还想子夜时分

去叩老狄德里希的门

眼看黄昏渐渐临近

六月的热风迎面吹来

天边有些闪电

野草的气息流荡

篱落间透出金银花的芳馨

叶丛下飞着成群的细蠓蠓

可奈我头顶穹隆的东南方

天鹅宫星座发射神圣豪芒

终于我望见盖哈杜斯的田庄

策骑转往树林后的大道旁

通知酒店里的汗斯·奥特逊

央他明天差个人进趟城

为我用小车取回汉堡的箱子

这桩最近要了却的心事

只消蔽一下窗扉就可说定的

萤火虫惹我眼花缭乱

教堂巨大的黑影使马儿吃惊

墓地的蛰声低抑而繁密

生者死者都在安眠

到了酒店前的池塘边

有那种灯光冲破雾气照来

土提琴和木笛合奏清晰可闻

窥视和劫掠

人们多半向西眺望

观赏沼泽地带的苍绿

远处银光闪闪的潮浪

伸得很长的黑湿岛屿

我的眼睛转向北边

一里远的小教堂，尖顶

那里地势高爽而荒芜

我童孩时期住过好几年

当我涉水般地踏着沙路

穿过成排茂盛的紫丁香

就瞥见那老屋的山墙

我们到处搜寻玩物

主要的活动地区是牧场

凭男孩本能找到斑鸠的窝巢
找到后，几次三番去探看
鸟蛋怎样了，小雏怎样了
周围密匝匝的老椰树桩
细心捕捉那种灵巧的黑甲虫
我们叫它"水中法国人"
用核桃壳的匣子盖作舰艇
在废置的船坞中激烈海战
牧场上青春的欢乐与日俱增
贫瘠的沙土却不繁荣树木
只有岸壁间成堆成堆的花
金扣形的阡陌花，芳香扑鼻
此外，教堂司事的院落
我们劫掠了十分之一的苹果

第六年呀

在幽暗的老教堂内漫步后回来
更觉得牧师夫妇的家宅可亲
屋子诚然旧了，很有些年头了
这位我同学的父亲想另造新居
但司事们的住处也都岁久难修
以致滞延，概不经营——虽如此
旧屋子的各个开间实在舒适得很
冬住右厢小卧房，夏住左厢大卧房
墙上挂着宗教改革年鉴里的图画
凭西窗放目，远处有架风磨在转
除此长空一览无垠，时已晼晚
玫瑰色的霞光映得室内如梦似真
紫红天鹅绒垫褥的靠椅静待人坐

圆桌上白铜茶炊作声细微悦耳
夜睡，心里常会浮起一个念头
这些房间那末过去都是谁住的呢
到白天，就又读尼波斯、西塞罗了
拉丁文学校在城里，往返步行
沿路村庄相连，野花香气袭人
蜜蜂和灰白的土蜂在枝叶中闹鸣
金丝的甲虫疾行于细长的嫩茎下
这里有别处见不到的蝴蝶，很多
绕着含脂灌木的石楠款款而飞
我指的是周末，下午才这样
我是男生九级制的第六年呀
该说到他了，我的同学，帅哥
他强壮，也曾被我一拳击倒在地

诸圣瞻礼节

寂静无声

花园普承月光

树顶勾出边线

时而黑时而银

小池塘整片亮闪

斜径，乳白砾石

云片丝丝缕缕了不久

散……温明圆月

空气和暖滋润

枯叶在霉腐

一只喷壶忘在平台上

灌木桠杈中鸟雀鼓翅

如裙裾的窸窣

9

叶子从枝头掉落

还剩菊花，金盏花

大丽亚逃过最后那场暴雨

沉重的朵儿俯垂着

风传送凋零的花香

泥土香，雨水香

使人想起从前，年年秋天

诸圣瞻礼节

伛腰向青苔气味的河面

叫喊自己的名字，听回声

扫墓，漫步在乔木林中

喧笑着寻找，寻找

总也找不着的蜜黄的

总有人会找着了的鸡茸蕈

荷兰画派

我是初次来到这座临近北海的城市
那寡妇委托我画一幅拉撒路复活图
她想借之表示对亡夫的深切悼念
并且虔敬奉献于本地最大的教堂
此图将会挂在四使徒洗礼盆的壁端
市长先生派人传言希望我为他作肖像
看来我在这里哥哥的家中要住一段时间
市秘书处长期工作的哥哥还是单身汉
宅子很大前庭的两棵菩提树也比平常大
我倚窗而立透过枝隙眺望市场景色
人头攒动直涌到市秤房旁边教堂周围
星期四是供乡民们互相买卖的好日子
东村妇女多红衫岛屿的姑娘裹头巾

堆高的运粮车上坐着穿黄皮裤的农民

忽然听到外面有人连声呼叫我的名字

是城北教堂的司事他要找一位画师

由于我很想把拉撒路像往后推迟时间

便允承司事的聘请而心中是这样想的

哥哥家的现状不合荷兰画派的规格

既如此用具当即就由教士的车子运走

翌日天宇湛蓝迎着金色秋阳我乐于步行

村庄的尖顶教堂映入我眼里越显得清楚

可以看出它是用异形花岗石致密砌造的

其实我在寡妇家的大厅里辟了个作场

已经将拉撒路的头部涂好一层底色

寡妇要我把这个复活的人画成她丈夫

她说他与我相像可以照我的面貌定形

汗斯·奥特逊

森林还没落叶，我离去了

短期内平安抵达荷兰首都

朋友们十分亲热地迎接我

话题一个比一个惊喜动人

由于凡·德尔·赫尔斯特的推荐

我上次留下的两幅田野风景

卖了很高的价钱，尤有甚者

挪威著名渔商要我替他的女儿

行将嫁到海牙去的小女儿画张全身像

尚未签约，先送一笔优厚的酬金

画完成，备受赞赏，我却猝然倒下

人的眼睛看不到将要来的灾祸

工作中没有顾及早已虚弱的身体

卧床呻吟……圣诞节来临

街头的薄饼铺子想必生意兴隆

我四肢乏力，不胜接待宾客

严寒的冬季终于逝去，曲德海泛绿了

朋友们陪我上码头小馆饮淡啤

不过旅行的事项倒是办得很利索

从汉堡出发，乘的是皇家邮车

驿站雇马，像昔日那样觅路独行

显然的是不复有往年的充沛精神

莺鸟和白颊鸟在林中婉啼

我没有朝狄德里希的邸宅的方向走

尽管心跳得这么厉害

拐了个弯，沿着林边村落

来到汗斯·奥特逊酒店，会见他本人

老 梨 树

于是，我又回到了我的故乡

复活节后的第二个星期日

所有画具和行李都留置城里

沿着山毛榉森林的大道

我徒步疾走，心情欢畅

柯叶间飞出小鸟掠过面前

它们歇落于车辙深沟边

享受饮水解渴的便捷

下了整夜的濛濛细雨

早晨还不停，林中阴影浓重

树木稀疏处传来画眉的啭鸣

由于我在阿姆斯特丹订件颇多

口袋里揣着一张汉堡银行的支票

思忖该怎样恩谢我的保护人

不觉走出山毛榉林带而上直路了

木脂的芳香弥漫周围，榛叶作篱

没多久，已至邸宅的铸铁大门前

我停步凝望，庄园管事的养蜂院

那老梨树，嫩叶朝着天空闪光

保护人很看重我这次的归来

晚餐甚精美，喝了不少酒

禀陈旅途见闻，使长者频频怀旧

"总督交给我四十名划手，我们航行着

彼等为我戮尽堪惊叹的膂劲臂力

单调的动作使青春嚣骚的元气得以镇定

傍晚，我们进入那个运河纵横的城市

由于它的褐色金色被称作阿姆斯特丹"

二

辑

艾　伦

艾伦和我，缓缓举步前行

没有心思走路，不想交谈

二人胸中激荡着同一个意念

已经临近离别的最后时刻了

如果来句笑话，戏谑他的姓氏

或者挖苦我的新服饰、新庄园

开不得口，开口眼泪就要落下

我们择小路走上考司妥芬山

瞭望麓坡的村镇，峰顶的城堡

不言而喻地立定了，是这里了

好吧，再会吧，艾伦伸出手来

再会，我与他握手，大步走下山去

我们谁也没有瞥一眼对方的脸

他还在我视线之内的时候

没有回头挥手，不知他是否望着我

当我来到西寇克，格拉斯玛克特

熙熙攘攘的人群，陌生，麻木

在沟渠边我突然坐下来，剧烈抽泣

正午，难闻的气味，晃动的衣影

满街成千上万种无聊的小事

我只有艾伦，艾伦，一幕幕的艾伦

整个人冰冷，汗水自额头涔涔而下

像是铸成大错后的莫赎的悔恨

孤单，恐慌，背诵着去寻找他的暗号

艾伦呵，没有现在，我只有将来

一切幸乐都要由你赋予我的

别人给的都只能是平淡或凄苦

小神殿

每过一些时日

又想念那个神殿

爱琴海边岩崖

岩崖低，神殿小小

干提亚南口岗哨似的

脉脉相视莫逆

海平静，蔚蓝

众神不再有作为了

风亮堂堂地从海面掠来

掠过佚名的小神殿

四千年前这样的风

台阶在想瑰玮的脚

圆柱在想遒劲的背

风知之，予亦知之

风未能立未能卧

一停下来就不是风

我哂故我在

蔚蓝平静爱琴海

后来这小神殿被卖了

整个儿搬入大英博物馆

配上假天假海的布景片

噢，朋友，我的朋友

没料到竟在这里重见你

你弗再受日照风吹

我弗能抚摩圆柱躺在台阶上

你落得这样的永恒

还不如我这样不永恒的好

黎巴嫩

我们来到花园里

树荫中缓步穿行

和风拂过我们的面颊

素馨花丛前的木椅，偎坐

月亮从蓬尼露山后升起

黎巴嫩，像曲肱而横陈的少艾

全身覆盖轻纱，胴体若隐若现

自从大卫、所罗门逝去之后

黎巴嫩无声无息了

剩下清香袭人的杉木林

雄伟而峭丽的高塔

废墟和幽谷间的羚羊群

在这世界上，宏大的事物

都起源于或人的飘忽一念

金字塔，特洛伊城，由于

某个人蓦然想要这样做而做成

一点灵感产生了伊斯兰的荣华

一句话烧毁了亚历山大里亚图书馆

一丝眼波令我神思恍惚三昼夜

我们真的来到黄昏的花园里

真的在树荫下并步而相偎

圣洁的神粮越食越饥饿

阿拉伯的盖斯，意大利的但丁

他们食后五中如焚，躯肢融化

我爱你是因为突然感到你爱我

散居在贝鲁特城里的朋友们哟

没能与我同见月亮从蓬尼露山后升起

匈牙利

譬如说，我们以为他们穿的是
饰着鹦鹉羽毛的斑斓礼服
金银花边，锦缎镶绣的披肩
那只是画像，只是加冕典礼的行列
佐鲍尔伯爵或伽拉老爷，有时
也要去马厩瞧瞧心爱的坐骑
到田陇上眺望刚萌芽的庄稼
鳏夫们尽找农家小屋串门儿
但凡这种场合他们都不穿锁子甲
骠骑兵的短裤儿也乱脱乱丢
礼服，古时候也像现在一样
即使有，也不真是十分贵重
往往接连三代穿同一件礼服上朝

胳膊弯子或别的什么地方打了补丁

大贵族与小贵族服装之区别

只在呢料的质地上见高低

大者，伊普尔呢、契咪列特

小者，富斯坦、多尔尼克、都尔奈

裁缝们不认为这种穿着合乎道理

试看日常衣衫，裤子，头巾

几百年岂不总是这个样子

好比人们喜欢更换园中的花

从来不想要更换无边的草地

快乐的伤兵

暮霭苍茫，弥望白色营篷

篝火周围尽是无言的士兵

辎重车辆聚作黑压压的大堆

马嘶划过长空，传得很远

一墩墩干树枝烈焰蹿飞

上面烤着整条的牛胴

火光照亮了骠骑兵的匀称身材

说是忙着，只不过抄手凝视篝火

牛油滴在火上哗剥作响

烤肉的香味随风送到附近村庄

骠悍勇士们刚吃了点什么

就天旋地转地舞将起来

本堂神父的那块三叶草圣地

被践踏得不像样了，要弹跳麻利

举腿要举到靴尖碰着自己的鼻子

否则还算什么出色的舞蹈家

指挥官的命令是：战士必须休息

兵营闹了个通宵，喝酒，叫嚷

唱歌，摔角，打架

第二天早上统计伤兵

比以往历次战役之后还要多

儿时观剧，印象最深的是戏台上一片夜色，由近而远的白色营篷，点点红黄的篝火，我心里充满赞叹，恨不能预身其间，这是我最早感知的苍凉之美——而西方曩昔战地的景象又是那样的狂放，也令人输诚向往，火光映现骠骑兵漂亮的身材。明天，也许就捐躯沙场了。

尼罗河

冬夜渡船上仰观天星，静真是静
风噢，风冷得我不愿叫它尼罗河
夏末黄昏落日镕金两岸芦苇成阵
帆影俨似古代，清真寺荧绿灯火
不明何故我意懒得如此厌世贪生
怎么还呆在马哈提的住家旅馆里
回教是限以植物图案作徽饰的教
尼罗河是宜于疗合情爱裂创的河
拉马丹，我随同断食，勘证历书
回历太阳年须积八万年始差一日
是故太阴年之岁首寒暑变化无定
白羊戌宫，金牛酉宫，双子申宫
狮子午宫，室女巳宫，各卅一日

29

巨蟹未宫独三十二日，天秤辰宫

天蝎卯宫，宝瓶子宫，双鱼亥宫

皆三十日，人马寅宫，摩羯丑宫

俱二九日，是谓平年，凡 365 日

褪卸威严的阿拉伯长袍和头巾吧

委屈重穿木强的烦琐的时装革履

别了，白尼罗青尼罗种种的瀑布

健康是最佳的麻木，我麻木而去

会记得夏末黄昏两岸成阵的芦苇

俨似古代帆影，寺庙灯火绿荧荧

我斜卧在 FELLUCA 中，三角小帆

回教是植物教，我是个植物诗人

那动物的情侣嗥叫着越奔越远了

落日镕金尼罗河载我流向地中海

开　罗

刚到开罗廿四小时

已经失去了耐性，哦哦

膻腥浓烈充斥着每个角落

汽车吼叫，手提收音机轰响

垃圾，尘沙，这是麦司基大街

前面穿过赛德港街的干道

那末左方就是卡努哈里里集市

露天肉铺挂着一排刚宰好的羔羊

除了头部，皮都剥得光光的

上面打着代表政府的粉红色钤印

芒果在腐烂，羊内脏散发着恶臭

街上才屙的驴屎，急步闪避而走

草药，香料，阿拉伯咖啡的芬芳

晴朗的天空一片灰濛濛

黄沙色的房屋都紧闭百叶窗

木车轮在砾石上隆隆而过

头顶，楼与楼间挂着地毯，布幔

此时我已选得一只刻有圣甲虫的护身符

顶端粪金龟子，背面西提一世法老铭名

老板阿卜杜勒说：送给你，算是礼物

我大吃一惊，这是真品哪

不，不是的，因为是我儿子做的

用散了架的木乃伊骨头来雕刻

把这护身符给火鸡吃下去，过夜

从火鸡肚里拉出来——六千年了

我说，我承认我受过不少的骗

我的情人，都不及你的儿子厉害

那末玫瑰是一个例外

岩岬留下夕阳余晖

远海已蒙起冥色艳暮色

冬季漫长而刚过

风和水还是冰冷的

置身于屋前平台

听湾角涨潮的涛声

应是水仙怒放的时节呵

纤细绿茎托着金黄穗头

晚风中轻轻摇曳

草坪尽处的沙滩上

藏红花,有淡红深红之别

迎春花生性粗鲁

哪儿有缝隙就往哪儿长

风信子未到开花季候

观赏风信子，最好是

正午十二点钟去那里散步

浓香醉人，带点儿烟味

仿佛流着翠翠的辣汁

五月黄昏，如果循小径而行

灌木叶真像在风中淌汗

拾一朵掉落在地上的杜鹃花

搓碎，奇馨满掌直沁肺腑

脚下圆卵石的硬感，哦

不觉已走到了平静的岸边

那末玫瑰是一个例外

野地玫瑰几乎蓬头垢面

采进屋里，灯下，郁丽而神秘

福迦拉什城堡的夜猎

热闹过后才安静

秋深，赴此狩猎

白雪皑皑觅山羊

野猪成群冲下平川

橘树叶中褐熊出没

轻信的麂子来泉边喝水

密林里有大雷鸟和珠鸡

热闹过后才安静

号角无声，赶兽人回家

饱受惊吓的禽兽归林入洞

或在积雪的山坡上喘气

岩羚羊临湖照自己的影子

我，特兰西瓦尼亚督军的

福迦拉什城堡的客人

督军为西拉吉举行盛大祝宴

因为他，suae aetatis oraculum fuit[*]

西拉吉唯一的名言，倾国传诵

"真理虽然美好，强者却不需要它"

在酒席上我举杯高声颂扬

伟大的智者西拉吉，他的金箴

雄猛而高贵，真理为强者所弗取

这句话呵，确是一项多么美好的真理

夜深沉宴饮告终，散上阳台

许多人围住我，争向道贺

"今晚你猎到了最大的野兽"

我说，热闹过后才安静

---

* 拉丁文："是当今的先知者。"

36

入埃及记

开罗小街窄巷

五色斑斓杂货铺

我不买什么

喜欢看，看看

与金字塔相反的

零零碎碎日用品

埃及像爿露天的店

尼罗河，长长的市河

斯芬克斯大掌柜哪

金字塔不是日用品

多么令人幸灾乐祸哟

亚述波斯希腊罗马

阿拉伯土耳其，这些劫掠者

两手空空踅进了历史

在希腊之前，你们的

七圣音、竖琴，迷惑过我

你们的宅，无窗无光

你是柔土研制的陶人

将你的脸拨侧在枕上

你的双肩平贴在毡毯上

按捺成壁画的正面律

瞳彩金褐，呼吸剧促

含族抑阿拉伯的苗裔哟

以我一身烈火加诸你柔土

金字塔太重，强盗搬不动

永恒太贵，谁也买不起

我独揽你粗犷中的秀媚

三
辑

锦 绣 前 程

土地渐渐向下倾斜，没入海水
山背上，爱丁堡笼在自己的雾气中
港口船只航行，或汇聚停泊在那里
向牧羊人问明去克兰蒙德的方向
一路向西，经柯灵顿再达格拉斯哥
山楂满树的花，野坪斑斑点点的绵羊
空中白嘴鸦，黑的炊烟升上黄的天幕
这烟看起来比蜡烛的烟浓不了多少
厨房，烹饪，最能慰藉羁旅者的心
我觉得已近目的地，循着仄径探索
痕迹太模糊，不像有人惯常所走的
难道通向邸宅的路只是这样一条吗
很多石柱，柱边便是没有屋顶的小屋

显然原来是有意要在此处建造大门的
没做成，以草捆的树枝代替铁栅栏
循着这条踏出来的仄径向房屋走去
楼上的窗洞，飞出一群蝙蝠，又一群
夜已开始，楼下三扇高高的窄窗有微光
这就是我要投身的魂牵梦萦的府第么
靠了残剩的暮色我才认出所谓的大门
那不过是布满污迹和钉子的木板
心灰意冷，还是举手敲了几下，低头
似乎整幢屋子突然变得死一样寂静
我的耳朵能听出里面壁钟的滴答
确实有人在屏息估量着来者是谁
我喉咙干燥，也不愿发声，听天由命
我来寻找的是高贵的朋友，锦绣的前程

夜 糖

清澈的夜晚
南十字星座显现了
靴子陷入了水田的淤泥里
什么味道，战争的味道
村子那一头，黑暗中犬吠
进入墓园，圆锥形的坟
陶土加石块的小祭台
墓园里香风习习，好地方
坟垛可充防御物
可是队伍不停地向前去
穿越灌木林，又过稻田
牢记人家教的，避开路当中
地雷是埋在那里的

月亮升起就升得更高了

月光也有照在机枪上手表上的

边走边数步子

三千四百五十一，站住

挨个蹲下，跪倒，反而喘气

闭眼侧转头，舔得着露水

"你就是那个新来的吧"

不想承认

却说：是的

薄荷味，谁嚼口香糖

一块已塞到手里

"别出声，行吗

别吹泡泡"

谢谢，行，不出声

预　约

走过奥台斯孟街

一个耀眼的金发男孩

从舞蹈学校出来

我与他并步，交谈

醇和，慧黠，我不禁说

明天这时候，可以在

校门口等你吗

"噢，今天最后一天

明天放假了，我去旅行"

那末，祝你旅途愉快

他看我一眼，低头说

"你别忧愁，我们将会再见"

在哪儿找得到你呢

"在舞台上，首演的那天"

什么时候呢

"十年后，看要看我的独舞"

是，不看别人，只看你

"我找你，你坐在前排"

好，第一排，至多第三排

我穿度巴索罗绞围地

从另一通道折进琅巷

到查特霍斯方场

走过圣约翰街

逾越司密斯园

直下契克巷和菲尔德巷

登上荷尔本桥，至此

我混入人群，淡忘了这件事

沙　萨

盒中十一支烟

没有食物的境况下

靠它们来度过长夜了

八支完好三支折断

取断的勉强燃着

土地树木天空发着寒气

斫柴的斧子也没有

走，枝桠触打头脸

碰着横干，摔倒，又摔

左靴刮破，后跟脱落

半小时过去，天更黑

林中俨然见小湖

湖不可怕，赤裸地在那里

当地人说湖畔有木屋

不敢相信运气，可是

人，已在原木搭成的小屋里

点亮桌上的煤油灯

茶叶，杯，肉罐头

成堆劈柴，锯子斧头渔具

就缺伏特加，心想

兀立不动十分钟

抽烟，生火炉

上帝

那末可以把土豆去皮

放在锅里煮起来了

上帝

那末一切都过去了

莫斯科之北

我把一年分两次

一次五月，一次九月

到阿尔罕格尔斯克

与沃洛果交接的

那个僻静的小村去

看作自己最称心的日子

杰库莎，有点吝啬的老太婆

只要收一长条香肠

两公斤夹心糖果

就把大木屋的一个房间出租

并以我的教养为她的自豪

我不猎不渔，不采蘑菇

林边，湖畔，悄悄步行

花叶无伤，鸟兽未惊

气息声音已摄入身体内

有时也摘一小篮野浆果

当地人认为我是个失意者

怪物，倒因而宽容了我

那就行，整天碰不到人

连人的痕迹也见不到

只要准确把握封烟囱的时刻

不致徒耗热量，炭气中毒

什么事都别破坏一个个好夜晚

这座木屋是谁造起来的呢

天朗气清，我多半生活在户外

温柔秋阳，斜照小湖

落叶的森林，一种博物馆的感觉

屠格涅夫

俄罗斯六月，最后一日

天空淡蓝平净，片云

没风，片云漂浮不散

鸽儿低呼，燕子静飞

青草，烟雾气味

少些松焦油、皮革气味

沟谷深深倾斜下去

两旁爆竹柳枝干粗大

溪水沿沟而来，无声

水底细石块仿佛在颤动

远处，土地和天空尽头

整条大河流闪着绀青天光

沟谷那岸，简洁粮仓

储藏室，门户紧闭

这岸，六间斜顶松木屋

引廊入口饰着铸铁小鬃马

窗子玻璃欠平，折射虹彩

护窗板，绘着大瓶花朵

每所屋前，都有坐具

规规矩矩放了张完好条凳

且将马衣铺在沟谷边，躺下

草刚割来，香气令人慵困

如果把草弄松，晒干

横身睡在上面该是多惬意

沙尔格勒，圣索菲亚大教堂

城市街道万头攒动

算什么，算什么呢

雪橇事件之后

如果爱一个人
就跟他有讲不完的话
如果真是这样
那末没有这样的一个人
回想起从前陪舅舅坐餐馆
好像雪橇事件之后吧
邻桌的食客们，不交谈
整幢厅堂无声息
等，等救星似的等上菜
如果爱一个人
就跟他有讲不完的话
食客们，雪橇已到刚果河边
一八二一年冬季来了

普希金拟往彼萨拉亚小住

驿站憩歇，等早餐

从口袋里掏出纸片，写

诗人多半是不用书桌的

一八三六年夏，波尔季诺村

这里的野地多好呀

大片草原接大片草原

纵马驰骋，尽兴而返

趴在弹子台上、长沙发上，写

水，冰块，陶罐果酱

如果爱一个世界

就会有写也写不完的诗

如果真是这样

那末没有这样的一个世界

在保加利亚

天气终于暖和起来

维陀山洁白的岭背

露出段段脏黑岩石

麓坡的叶林已呈嫩绿

我上屋顶露台的次数多了

帆布躺椅，舒展身骨

低低的可坐的围栏，俯眺

山峦和我之间大片田野

小河蜿蜒，两边杨柳初发芽

零落的农舍，废弃的砖窑

觉得我已不再适宜旅行

每至一个地方，再坏也是

就这样终老于斯吧

去年在波扬纳，夏天非常突然
热得路面的柏油融成黏糊
晚上凉风从弗拉达依山谷吹来
就像看得见似的，那风
沿着大路，直往城里奔赴
到了我身边还是清新无顾忌的
一碰着高层建筑的硬立面
风便向后退逸，减弱
与城里的汽油味混淆不分了
去年我是这样过夏天的
伊斯克尔水库，钓鱼，晒太阳
那些都是随俗的借口
无论何方，都可以安顿自己
乡愁，哪个乡值得我犯愁呢

兹城·勒城

小城位于两座高山的麓坡

颓墙连绵，古塔高耸

菩提树贮荫河沿

太阳刚落山的傍晚（六月）

我就在这小城中游荡

圆月从苍穹投下幽辉

楼顶的风向鸡转动闪光

窗扉薄明，燃的是蜡烛

细枝（德国人以节俭为乐）

石墙隙伸出葡萄的藤蔓

广场三角形（有井）

守夜人的口哨，狗叫

小城离莱茵河约两维尔斯特

我的背倚在大榛树身上

圣母小像从枝桠间悄然显露

胸前，宝剑刺穿红心

望望河流，望望天空

男孩们爬上那只搁在岸边的船

船底朝天（他们涂柏油）

另些小船松松地张帆驶过去

河水澄碧，浪，涟漪

此城"兹"，对面的"勒"

风里大提琴声，断断续续

忽然笛子放胆地响起来

这是什么，学生们，从勃地至此

举行 kommers（宴会）

找到一个摆渡人，我过河去了

我的农事诗

中午，像农民那样吃点面包、奶酪
拿杯葡萄酒，伫立窗畔，坐落门阶
紫褐的土壤，青翠的草地树木
乡间色调柔和，眼睛整日得以休息
偶有鸦啼数声，除此别无扰音
乌鹊飞来啄食野枇杷，那是季节
我每日修剪山楂树组成的藩篱
已剪了一半，心里想着全部剪平
屋子下方坡面，八棵橡树前年种的
该松松土，十月施粪肥，三月施钾肥
当初周围的村民听说我播了橡实
指手画脚唠叨不休，无法阻止
如今我的橡树每棵都长得好，很好

两年未到六十厘米甚至七十厘米高了
到十月底，十一月，还将播下栗子
我发觉农民是憎恶土地的，尤恨树木
只凭我单户匹夫来崇尚泥层和植物
栗树比橡树更其长得快，真快
三十年枝繁叶密，一百年参天巨木了
只要耐性等待，幸我素以耐性著名
在这里我一无所友，谁也不理会谁
只与那个青年有约，他驾车送肥料
帮我干掘树坑栽果木的重活儿
秋季，显得长，枫叶红，桦叶黄
下雨，道途泥泞，安心厨下烹饪
我视力上佳，能精辨物体的畸形异彩
可惜我是在以这种方式消磨时光

四
辑

贝壳放逐法

古雅典民众大会上

只要满六千票

即六千块陶片

就可对某个人

尽管他清白无辜

因此作出了

十年二十年乃至终生放逐的判决

一天天，我坐在旅社的露台边

予岂流离失所者哉

唯所思皆故实耳

希腊的塞密思托克利斯

波斯海岸

仰毒牛血以摆脱人生苦恼

佯狂欺世呢，也算不得脚色

睥睨任何裁制权

巴比伦汉穆拉比法典

罗马法，拿破仑法典

美国清教徒法规

一切法律领域中的条款

平生行谊，略无沉瀣

暮色随之降临博尔格赛绿荫区

罗马的少男少女上街来了

可口可乐——只有帕泼西

黑人喝帕泼西

店主说附近海水河水都已污染

他指指远处灰白色的建筑物

高耸入云，周身没有一个窗眼

生　日

曾到过奥古斯答吗

我在那儿当了三个月的兵

清澈的水面划船，划呀

伊佐角背面成片盐田

田后有个小小的山包

山包之背才是我常去的

自十四岁起我爱西西里

十八岁，找到这迷人的所在

那时它还未被风俗侵占

沿岸荒凉，望不见房屋

海水像孔雀毛般地蓝闪闪

正对面，变幻无穷的波涛

矗立着埃特纳山，静

森严，雄伟，神灵之故居

西西里的永恒，自有其特点

它愕然，愕然蔑视天命

我为此而输诚于西西里

带着从热那亚弄来的海胆

一瓶埃特纳山的葡萄酒

一些农家自烤的面包

海面，船中，细嚼慢饮

人生于世，青春至上

那时我还不知道，没听说

唯西西里，这儿，最称我心

那时我已明白，独自快乐

远处，持续的无名的欢呼

低沉而宏阔，伟大前程

黑　海

黑海远眺

诚然黑，海面

蓝蓝条纹，近沙滩

迷人之翠，晨

太阳升上，更上

弥望珍珠，随风玓瓅

那叫什么呢，那叫黑海

护岸堤上坐

双脚垂浸潮浪中

清凉　柔和　大力

去他妈的黑海舰队

去他妈的雅尔塔会议

去他奶奶的拜占庭

去他奶奶的钦察汗国

只要今日

早晨的克里米亚

子其身，独领黑海

直到夕照丽天

那叫什么呢

那叫黑海之私有

爱黑海唯一的爱法

　　黑海广四十六万平方公里，连接乌克兰、俄罗斯、格鲁吉亚及罗马尼亚。含盐量为世界各大洋之半，一百米以下的海水不分解氧分，故无细菌存在。

普 里 茨 道 院

晴朗的上午，即星期日早晨
我骑了狄德里希张罗来的马匹
启程越过成片成片的枞树林
并且不费多时就找着那位雕刻匠
画框的边条几乎已经全部做好
只需拼起来四角加上饰物便可告成
师傅答应一切负责包装安全运达
除此之外这座名城实在是大有可观
海盗协会有施托尔特贝克尔的银杯
它被称为该城的第二个象征
没见过此杯，没资格说到过汉堡
再如那条有鹰爪子和翅膀的怪鱼
刚刚从易北河里捕获的，活的

听人说这是击败土耳其恶贼的预兆
如果作为猎奇争胜的旅行家
决不会放弃见识这种异物的机缘
我毕竟有急事在身，抑制好奇心
与老板换了支票，结清账目
中午，跨上马背把汉堡抛在脑后了
当天傍晚我奔抵普里茨道院
向庄严的女院长陈述了我的来意
心里暗暗认出她是盖哈杜斯的妹妹
我长时间站立着，回答缜密的考问
她答应帮助了，让我坐在旁椅上
俄尔修女遵命领我进入餐室
在那里将我很好地款待了一番
然后，随带的信当面交给卡德琳娜

沙漠之德

致莫泊桑

布吉，废墟的城市

初抵码头时

遇到歌剧说明书上的情景

往年沙拉逊人的大门

早已被藤草湮没了

围绕村镇的密密林丛中

随便发现断柱残垣

原来是罗马壁垒，阿拉伯建筑

在高地上租一间摩尔式小屋

外墙没有窗子

天井洒下强光，屋里通明

二楼的房间很凉爽

白天我都待在那里

夜晚才搬到屋顶阳台上

入境随俗，养成了昼眠的习惯

非洲午后是呼吸不畅的时刻

原野，街道，杳无人影

管自己在有圆柱的房里

放一张很大的长椅

那是用求贝产的织物做成的

穿阿萨姆装

（也就是赤裸）

躺在极富弹性的垫子上

由于长期的禁欲

使人辗转难眠

在沙漠中，什么事都会发生

什么事也没有发生

两种职业

哦，有两种职业往往只能世承
灯塔守护者，他的孩儿，塔的子孙
自幼跟随父亲工作，塔内的机关
海的脾气，四季天时变化，事事在心
一家常安静，灯下共读海员们的来信
恩谢灯塔使他们遇难而脱险庆更生
我曾探访过数位灯塔的守护者
神色恬淡沉稳，恍如古寺得道的高僧
领我走上螺旋的铁梯，讲解详实清明
灯塔是个巨灵，他是巨灵的忠实仆臣
我也曾在海船上眺望灯塔神圣的光
原来光束的形成投射如此的大有学问
灯塔的守护者从不进城寻欢作乐

毕生敬业，直到把灯塔交给儿子管领

哦，另有一种职业也只能代代继承

刽子手，高执利斧，斫人头颅如杀牲

他的儿子说：我曾四出干活，不计苦辛

人们一知道我父亲所做过的行当

立即将我赶走，用咒诅棍棒逼我逃命

我生下来可是个诚实勤恳的好人

我手艺求精，会写能算，模样也算英俊

却被赶来赶去，末了，只能靠此营生

你有没结婚，我抚着他的肩爱恤相问

他说，她只知我是樵夫，我瞒得铁紧

每次声称要去深山伐木，带着斧子上程

回来时在溪水中把斧子和血衣仔细洗净

妻子怀孕，唉，我真怕生下来的是个男婴

欧鳊

欧鳊是一种薄长的鱼

捕捉很有趣，肉淡而无味

离城不远的乡村旅舍

十分土气，非常之舒适

房间大，床也大，天花板低

泡鼓鼓的鸭绒被满出床沿

好像有个深色的衣橱

架子上挂着印花的厚棉巾

这是供来往客人使用的

几件衣服都只不过放一两天

整个房间发着栎木家具的气味

灰色的云石壁炉上有镜子

镜子里化作人形的欧鳊来了

像最不济的老式电影蒙太奇

比较而言，我对狩猎更感兴趣

钉在墙上的鹿，野猪，狍子

从被褥中起来，不说话

晚餐也不说话，不摸手

餐毕，去不去花园散步呢

那儿有株千金榆，有条长凳

坐着，我用手杖在地上划圈儿

花园只是乱糟糟的深色树木

栏杆的支柱像倒置的花瓶

月光照着窄而长的平台

宛如撒满白花的大坟墓

想起来多是多了一笔旅费

乡村旅舍不算是歌剧的开头

巫　女

夜晚，忙完了整天的工作

和哥哥坐在楼下的起居室里

炉旁桌上的蜡烛快燃尽了

荷兰咕咕钟响完十一下

我们的心神滞留于从前的生活

父亲，母亲，共度舒缓时光

总是不关窗子，望着全市的黑暗

哥哥把左手放在我肩上

右手指向外面的屋顶，市场

他说，你瞧你瞧，他们回来了

幸亏我们用沙砾泥土把路填平

他们吃完铸钟匠家的喜酒回来

从手里提着的灯可以看出，嗨哟

简直跌跌撞撞哪里是在走路

舞蹈般的灯光说明喜酒办得出色

这群人大声嚷嚷拐进了摊贩街

他们猜测巫女将要在火中叫唱什么

灯光和身影远去了，留下黑暗寂静

虽然我原是想定后天才打点行李

哥哥劝我早走，这也是我愿意的

不知为何搅起我心中阵阵的烦乱

第二天早晨，风信鸡在朝霞中闪光

我大步越过市场，面包师等待更多顾客

才知道今天要观看烧死那个巫女

当我走到御花园后面的小路上

绞刑架竖起，易燃材料放进大堆木柴中

上帝啊，是接生婆老妈妈的妹妹的女儿

海

坐在楼上的斗室里

望着时近黄昏的天空

夜色随之冉冉降临

该找个床位睡觉

哦，对面教堂的塔影

在向这边窗子移近

钟声震动床架

我像是通宵数着钟声

终于黎明乍醒

第一只云雀飞起之前

我匆匆出城了

尽管来得这么早

牧师已在庭园里洒水

领我走完过道，开门

说是木板早已准备好

画架和其他用具全部运来

可以在这里工作到结束

不会有人打扰您，他说

您需要滋养一下身体的话

就到旁边小室拿食品

于是门把上的手不见了

换了我的手，四周寂静

这个房间很宽敞，没有家具

大概用来行坚洗礼课的

光溜溜的墙壁白垩色

窗外，越过荒凉田野

望见远处的沙滩，海

望着苏门答腊海岸

头天夜里船抵新加坡

曦色中就开始装载货物

吱吱嘎嘎，听久了似乎也是自然

早餐后坐上人力车浏览华丽市景

马来亚人土生土长却不习惯活在城里

中国人貌如温厚骨子里精明势利

黧黑的泰米尔人打赤脚无声地走得快

孟加拉人油嘴滑舌生意兴隆

溜须拍马的日本人阴险狡诈

似乎总有迫不及待的事要去做

戴了遮阳帽身穿白帆布裤的英国人

驾着汽车疾驰而过，漫不经心

再回到船上，港口的那阵子嚣骚过去了

分外安静，从肺腑里感到舒服

船也徐徐驶经绿苔如茵的断崖峭壁

进入主港口，这里停泊着客船拖驳船

不定期的货船。远处防波堤外墙桅簇立

那是土著的帆船，密如没有树叶的森林

暮霭四垂，各种景象蒙上一层神秘色彩

船只的活动好像都同时停顿下来

为了等待某种重大事件要发生

什么事也没有。离开新加坡的清晓

最可凝视的是那几颗淡淡的晨星

在白昼正式降临前它们次第消失

海面平净如镜，尘世的悲伤已无足轻重

倚着栏杆，眺望苏门答腊低平的海岸

"起得早呵，抽支烟吗"背后有人这样说

两瓶敏托夫卡

很快就到了那家餐馆

巴拉塞尔水库上的

其实是小吃部

只有烤羊肉串著名

东边的院子，几棵老树

绿荫下放着桌椅

侍者过来铺上白布，站着

像士兵般腰干笔挺

我早就发觉人们都很尊敬我

也许是尊敬我的车子

一份羊肉串，一瓶敏托夫卡

酒即至，羊肉现烤不能急

敏托夫卡浓度不高

司机们喝起来毫无顾忌

这种酒有时对人也是有害的

旅途太疲劳，心情激动

日光晒得太久，不管怎样说

我已几次品尝这种酒

阵阵轻微的头晕很舒坦

羊肉串不错，配得上敏托夫卡

感到奇怪的是每次散步的时候

天上的云彩一动也不动

清晰地映在湖面上

我的恶作剧是将会受到惩罚的

报废的砖窑，还冒着烟气

敏托夫卡喝到第二瓶

再喝就回不去了，我的车呀

威尔斯口音

野地里开遍金盏花

棕红的牛犊吃青草

燕子飞翔，我漫步

橡树比白蜡树发叶早

我跑向小溪上方的山坡

一直到顶都是岩石

蓝的白的大片风信子

十几棵苹果树也正开花

我躺下，好像躺了很久

日光将树影遮住风信子

只有几只蜜蜂与我为伴

早晨，早晨的一吻

起先口音是带威尔斯的清脆

用这样的嗓门是否在挖苦我

我想，走吧，要完也是快的

男人自五岁始谁说没有恋爱过

这次不同，这次不含糊

怎么办，以后还能见面吗

早晨的景色都为了这件事，焦急

我的手被握住，徐徐上举

吻我手，我就以口唇回报了

好比清晨四点起床的人

领略夏天早晨的全部苍绿

鸟兽花木都怔怔地望着我

孩子，我们一齐为你高兴

你也该用威尔斯口音说

今天夜晚，众人睡后，苹果树下

大回忆

我曾经见过一个爱尔兰教派的男人
他是爱尔兰西部的银行职员
他深信夏娃的苹果即系水果店的苹果
也看见了生命树，枝桠非常繁密
苹果表情腼腆，灵魂们在其间叹息
他将耳朵紧贴一只苹果，听见了什么
里面好像有许多人在争吵，打架
他离去，漫游到伊甸园的边缘
发现那里并不是荒原的尽头
就如他在主日学校时教师所说的
伊甸园居大山之巅，高两英里
整个儿成为墙壁环立的大花园
数年后，我得到了一幅中世纪的图画

正是把伊甸园绘成了山顶的花园

我曾经见过一个爱尔兰的姑子，年轻的

刚从修女学校出来，她也这样说

夏娃的苹果就是水果店里的那种苹果

生命树的最高枝头有只白色的戴冠的鸟

我回家后即入书斋从架端取下一本书

一本题名《隐伏的神秘大全》的译著

我想那是我从未读过的，便翻将开来

"生命树是深知善恶的智慧的树

群鸟栖息其上，灵魂与天使也混杂相处

一只戴冠的白鸟占了最高枝……"

一八九七年十二月二十七日的记事

实录我曾给某幻想家一套古爱尔兰符号

大自然在作什么，它在回忆，回忆回忆

回忆着回忆中的回忆的回忆

"神秘主义"该有贵族的和平民的之区分，索性说：东方文化是空灵的，西方文化是机械的。年少时，我一度很认同于威廉·巴特勒·叶芝，稍后见及他写"世界末日"，什么喷火的巨兽，螺旋的上升……哦，即使是一个乡村孩童的幻想，也未免人云亦云，实在没劲。爱尔兰文士自以为风雅，应知伊甸园是天堂，天堂里的苹果竟与人间水果店中的苹果是一样的？而且天堂居然有围墙，坐落在山顶上，这就不是神话倒是笑话了，东方人从来就把天堂与人间分作多种时空来想象，天有九重乃至三十三重，蟠桃千年结实，玉露琼浆凡人是尝不到的。故而我装作虔敬其事取句于叶芝，骨子里是盘谑他们的神秘主义何其因袭伧鄙，整个西方世界的文化都谈不上"空灵"，这真是一大宿命。虽然我也感到、也觉察宇宙的性质和存在是一种回忆式的运作，勃朗宁、布莱克这些英国人，还有另些印度人，都早就感到觉察到的呵。大家都算不得"先知"，喔噢，亚当在墙里吃苹果，我们在墙外吃苹果，所差如此而已。

吉 普 赛 学 者

吉普赛学者死了，啊

只有绝顶聪明的魔法师

才能活到他放弃生命的时候

人们看不见他，他还在游荡

在巴克夏郡荒原上施施飘移

啤酒店枯干的招牌之下

温暖的壁炉前，长木凳

或许，到了巴布洛克码头

渡过年轻的泰晤士河

阴凉水波曳着他的白手指

沿岸鲜花，银莲叶片脆弱

夏露浸润黑黑吊钟柳

女孩子，从很远的村庄来，五月

围着费尔德的榆树跳舞

河岸杂草业生，啊脉搏

沿着自由向上的脉搏

这就是约瑟夫·格兰维尔的遗言

1. 我们的头脑的边周是挪动着的

众多头脑能够互相融合

迷离惝恍以成一个单独的头脑

2. 我们的记忆的边周也在挪动着

分散的记忆是总记忆的无名粒子

3. 世界为自然的头脑之若干记忆

在男和女的身上，在房屋内

在手工艺品中，信仰化为魔法

此项事实之荏苒消失也是事实啊

吉普赛学者死了，这毛茸茸的神仙

五

辑

夏 洼

在树木不生的滨海平原上

一座外貌庸琐的小城

始终被我视为难忘的故乡

两种受人称赞的吉祥鸟

看来倒是与我的想法相同

四月，南风初拂，气温骤升

燕子必定随风飞进城里

邻人含笑传告，它们又回来了

我窗外的小园已绽放紫罗兰

更有桂竹、丁香、木槿花

夏日，天高云淡，分外宁静

城市上空盘旋着成群的鹳鸟

脚骨长，不宜林中生活

它们在屋脊间筑巢育雏
我每次回故乡便发作慵困
整个肢体酥软、销融、流失
听到的只是远里蝗虫唧唧
近处围绕着花朵的蜜蜂营营
眼前像有蓝色的蝴蝶翩跹
又见玫瑰红的光线上下波动
层叠的夏日的疲倦征服了我
情人们将我缠住不放
称我为远归的燕子，鹳鸟
我可并非年年如期赋归的呵
既见，吉祥的是沛泽的肉身
高亢情欲，精炼沦浃
夜间我清醒得金刚钻似的

与米什莱谈海

听米什莱谈海，与我大异其趣

他例举有个勇敢的荷兰船员

在海上度过他的青春和壮年

坦率地道出大海的最早印象

恐惧，他害怕这无边的浩瀚的水

米什莱说东方人也都是畏于面对海的

东方人心目中海是苦难的漩涡、深渊

海的同义词或类似词是沙漠和黑夜

倘若有人落入海水，沉下去就不见光亮

混沌中的暗红色也很快消失殆尽

偶尔闪过几道磷光，整个智黑寒冷严静

往昔最贪悍的航海家腓尼基人迦太基人

曾经梦想征服全球的那些阿拉伯豪杰

跨越地中海，再向前，不能不停止了

未及赤道就遇到彤云密布的黑线

深深叹息这是幽冥之国，进犯就是渎神

我半信半疑，海就这样的恐怖的么

巨浪从北方带着英吉利海峡的洋流

使足积聚起来的全部力量奔腾而至

格朗维尔原属诺尔曼，很像布列塔尼

它以悬崖峭壁抵挡巨浪的凶暴冲击

米什莱哪，我爱海比那荷兰水手更甚

每日向晚遥观红日缓缓沉下平线

悲壮无言，生命如浪花，而我还活着

我是两度海难的幸存者，深明海的启示

爱海要在陆地上爱，登高山，瞭望大海

爱人亦然，万全处，方可率性狂恋

两月天堂

今年的夏季持续酷热

难说南部常有这样的天气

夜间，埃特纳山把白日积贮的

十五个小时的溽暑冲涌过来

路面的冷凝熔岩已炙成烂浆

黏糊糊的蝙蝠断翅刮到脸上

我晃荡在街头，快要受不住了

遇见朋友，拦住我说：你听着

你再呆在这里会发疯的

还谈得上什么就职演说

去奥古斯答，我有栋三间屋的房子

离海二十米，没人，准备行李罢

一小时后你到我家来拿钥匙

我徇从这个主意，当晚就动身

翌日醒来，碧蓝海洋，极目无涯

港口复不见人，景色全为了我

屋子固已陈旧，家具应有尽有

厨房，几只砂锅，两盏老式的灯

窗外石井栏边四枝无花果树

我进村找到这屋主的佃农，说

每隔三日，请给我送点面包

面条，蔬菜，橄榄油，别忘记煤油

我又租船，下午渔夫把船交给我

里面还有个渔篓子，几根钓竿

最少要住一两月，两月的天堂

每天，我高声朗诵古诗人的作品

被遗忘的神祇的名字响传海面

哈巴谷书考

拉封丹问人可曾读过巴录书

我要问大家是否见过夏枯草的角

上午剩余的时间就用来巡视庄稼

也动手帮忙，因为岛上农夫为数不多

时常有伯尔尼人三三两两不速而至

他们看到的是我骑在大树的柯枝上

腰里围着一个装果子的粗麻布袋

满了，就用绳索坠下来，轻轻及地

这样的活动，呼吸，舒坦的心情

使我们的午餐吃得很香，拖延得很久

别人犹在桌前，还是我先溜出去了

水面平静，小船径直划到湖中央

仰卧凝望长空，随风缓缓漂移

夕阳真美，却不能不是归程的开始

离岛远，我得奋力运桨，赶回家去

如果沿着汀屿的岸边迂回绕行

湖水清澈见底，岸畔浓荫垂枝拂水

为何不跃身入水泳泅嬉戏一番呢

或者，有意步行于密密层层灌木林间

稚柳，泻鼠李，春蓼，都引我细看

假使坐到长满芊芊芳草的沙丘顶上

欧百里香，岩黄芪，还有苜蓿，兔子爱食的

那末卢梭为何将巴录书说作哈巴谷书呢

前者是次经，后者是圣经旧约的第一卷

因为他被狄维尔诺瓦博士搅糊涂了

晚餐后，天气依然晴和，在平台上开谈

希望明天不要变，也是同样的快乐

北方的浓雾

在我肺腑深处有一片北方的浓雾
我出生时，哭喊，便吸入了这片雾
满身忧郁气，迁徙的本能，厌恶生活
来到意大利的游客都爱太阳，蓝天
胴体，像用手挤压葡萄，顿时液汁四溅
我不是游客，游客没有我这许多怪病
人类的心是被利刃切开之后才博大的
我像中国族又像法国族，与阿拉伯族战
战胜阿拉伯族，我丝毫不感到高兴
这是个粗犷的坚韧的生动泼辣的民族
昼午，他们睡在骆驼的肚下的阴影里
抽旱烟，嘲笑我们颟顸狼狈的文明
你呢，也不属希腊系不属拉丁系

尽管我们想抵御基督教，切齿号叫

基督教已来到这里，痛苦，弄糟了一切

对于灵魂而言，世界实在还不够辽阔

我想念种种壮丽的帆船雄媚的水手

有的水手发现了陆地，增广生存基盘

有的水手别开生面寻找香料黄金和丝绸

有的水手从舷窗传出故作惊恐的尖叫

捕获鱼虾，成为富翁，就此脱离大海

我呀，我是独断独行的觅珠者，海底

有种不可抗拒的吸引力把我拖向深渊

唉，我是丑陋的野蛮人，一片北方的浓雾

对生活的厌恶可以厌恶到各个国家去

阿拉里克洗劫罗马我迟了一千五百年

罗马没有成为空城，我又额手为之庆幸

卖艺的背教者

不管别人怎样说
我的本性就是卖艺的
倘若上天让我生来更穷
我将是一个伟大的戏子
黄金的价值，我认同
更欣赏它的是光彩
如果是光彩的诗，诗
那就胜于黄金万万倍
更有海上壮丽的夕照
深园中银锦的月色
古代的云石雕像
慈悲而毒辣的头脑
要说政治，好呀

我只懂得一样东西

就是：权力……

我不问政治

除非古代的暴政

其中有些是很妙的

人的瑰意琦行

我自己也常常心血来潮

找个朋友东拉西扯

长期地，非常认真地

想去伊兹密尔

作什么呢，想当背叛者

也罢，几天后我离开这里

再也不让别人谈论我了

梅德捷斯村

常见的教堂耸立在常见的土丘上
梅德捷斯村民却都是犹太人
狭窄的泥径，石子路，两边房屋
土垒的，圆木的，极少砖砌的
随坡而斜下去成了平坦的绿草地
稍远河流蜿蜒，再远城堡型邸宅
法国式，炸毁屋顶，荒颓形同废墟
一次世界大战中那个贵族绝了后
梅德捷斯村镇竟然保存下来
靠种地，到克拉科夫出售奶制品
昏暗的内室相差不多，房间小，炉灶大
笨重的维多利亚风的家具，花边帘幔
这是个什么样的地方呀，没有商店

没有路灯没有电影院救火会

夜间下了场透雨，雨声中睡梦安谧

晨起放晴，干禾和甜熟水果的香味

经由树林沿着河边走，一片墓地

牛马缓缓移步，悄然不闻声息

草叶高挺，野菊在微风中摇漾

平流的棕黄水面，长脚虫精巧滑行

鱼鳞跃起，溅出水花，没有人垂钓

那些窗子失了片片，却都有新髹漆的门

田野，村民们手拿农具默默劳作

若不以头巾和胡子作标识，男女莫辨

路上确实未见什么拖拉机或汽车

奥斯威辛是铁道主线上的中等城市

火车一停下，赶快向电话局奔去

奥温先生那边

这是个杂乱无章的小地方

长长的路穿过沙丘通向海滨

不用让道，没有树木什么的

沿途可见寥寥几所平屋

三五相聚，也许害怕孤单

另有少数大楼房，独占地盘

那厢，高帽舞厅，从前的电影院

卖炸鱼的奥温先生就在近处

再往前，三岔路口，较老的市区

五六十户人家，两个酒吧，一座教堂

百年来总想成为避暑胜地

清洁的盐海，新鲜的大西洋空气

海湾呈半圆形，柔滑的沙滩

像孩儿指甲根部的表皮那样好看

稍远的北部，簇立红巉岩

高而粗砺，十来岁的男童爬上去

叫，招呼，以为自己真的在登山

八月游客来，奥温餐馆生意不错

九月初寒风掠过沙丘，人事销声匿迹

甚至短暂的夏季，石砾摸着烫手

多数游客也宁愿去更热闹的地方

其实呢，有些人对现状还是满意的

反正好强的青年都到外地城市去了

冬天，咸腥的强风刮得流眼泪

海面弥漫着寒冷的雾气，波涛汹涌

扶着自行车，远眺，白鸥回翔

默默计算再过多少个星期又可游泳滑浪

六百万马克

弗朗赛斯科的拍摄技术挺不错

我还待考虑是否就此与之合作

他胡诌些真理道德的老调调

自从留起长胡子，那模样

像个背相机的耶稣基督

人上了三十岁就不该见异思迁

朝维特尔博方向，我们驶入村落

弗朗赛斯科总难体会我的话的用意

他逢人便说平日常在写诗，很出名

假如我也有个范内蒂式的舅舅

我早已成为诗国的乞丐王子了

可惜我舅舅，普通的火车司机

铁轨一行行，终究无诗意

我们话不投契地抵达维特尔博

城墙，水井，十字形回廊

年年九月三日，民众大游行

感恩神圣罗撒，结队汇合

八十名健儿抬着胜利的纪念碑

弗朗赛斯科懒洋洋地啐道：做作

罗马天主教的仪礼，十四世纪

今天说来当然全部过时，失实

作为挂着相机的耶稣基督呢

他哪能会有什么计划和远景

顶多拍摄一部晦涩的故事片

少不了六百万马克，百万美金

幻想是便宜的，抽象是昂贵的

我自有一套对付德国人的办法

六

辑

战争第一夜

明月飘移在天心，穿过薄薄云层

照着地上合理的和不合理的事物

它曾以暗淡而有效的适度光线

为一队队灰军服的德国青年引路

他们拖着疲乏的双腿逾越波兰边境

现在欧洲已经转过身来面向阳光

使德国朝野更灵敏地进行他们的活动

此时，月亮又以银辉沐浴着墨西哥湾

彭萨科拉海港的观赏平台上人影幢幢

德军总参谋部商讨过利用月光的奇袭

而知者都说这是近年来最曼妙的舞会

报纸大标题，电台激情广播，张灯结彩

平时冷清清的彭萨科拉突然精神抖擞

飞行学员们尤其感到自己了不起

战争还很遥远，无论在多偏的地方打仗

他们总是军人，于是评议德国的进攻

很快就转到身边话题上来，例如马戏

新的基地司令，近期飞行事件……

亨利中尉与众不同，他确实关注战争

免涉航空、罗曼斯，谈施里芬夺取巴黎

谈毛奇对这一计划的致命干扰

谈坦仓堡战役取胜是德国铁路的功劳

谈一九一四年与一九三九年战场的对比

这就显示出丰富的历史真知和政治灼见

舞会中的有情人且莫说一句俏皮话

从这样的交谈中辨味对方，决定爱不爱

难忘的舞会，啊，战争发生在凌晨三点

《1914》

在罗马机场的新闻招贴上

德苏缔结条约的消息触目惊心

黎明前开车从锡耶纳骎骎而来

浑然不知全世界喧嚣着这么一件事

意大利的阳光下我驰经古老村镇

亚平宁山脉荒芜的峡谷还很阴暗

农民已在碧油油的盆地上委婉劳作

现在见到机场这样忙乱这样嘈杂

旅客们把预定座位的办公桌包围了

满地都是疾走的奔跑的人人人人

淌汗的搬运工推着大堆大堆行李

扩音器一直在雷鸣般地震耳吼叫

我买了几份报纸，率先是意大利的欢呼

轴心国在外交上的壮举解除了战争危机

巴黎和伦敦的报端，黑体通栏作标题

德国报纸特选红色长型大字，喜气洋洋

瑞士报纸别出心裁，一幅精彩漫画

希特勒和戈林穿俄罗斯工装戴皮帽

蹲身踢出高统靴的脚，那是跳舞

全身党卫军制服的斯大林拉手风琴伴奏

唯比利时的报纸独具主见，冷冷地

头版显著地位，幽灵出现：《1914》

哦，倘若面对一场政治突变就惊慌失措

那你不配呆在欧洲，又何必赖着勿走

慕尼黑会议期间啤酒还是淡悠悠

实际的灾难总比预感的小，我要结婚

蜜月，世界不会在最近四个星期中毁灭

波兰晚餐

红礼服金饰扣的管弦乐队

奏着老调翻新的爵士曲

绸幔，白桌布，水晶枝形吊灯

闻不到丝毫战争的恐怖气息

今天大使馆挤满了签证的人

只要举得出一个亲戚一个朋友

拿得出一封信或其他证物

立刻发给性命攸关的护身符

一本纽约电话簿，合二十美元

在华沙值一千个兹洛提

侍者送上菜单，与之兜搭

波兰话难学，学起来不难

熏鲭鱼味美，鸡蛋弄得很别致

小杯喝波兰伏特加，一口一杯

这是历史上的谜中之谜

三百五十万犹太人移居到波兰

支离破碎的倒楣国家呀

想想看，差不多有上千个男爵的政府

任何男爵都可对立法行使否决权

百年复百年就这样凑合过来

难怪波兰会不断地裂界崩盘

犹太人只要能与个别贵族和调

就可以在此生活，耕作，做买卖

一四一〇年波兰打败过德国

而今德国已是工业巨霸，波兰呢

停留在种地，城堡，玛祖卡……

也许这便是临别的最后晚餐

华沙四日

霍彻餐馆的那张长桌是个讯息站

新闻前哨，外交小买卖的集市

今天这家热闹的餐馆更加拥挤

银食具碰出悦耳的清音，烤肉送香

喧哗四起，难说惯常却有了变化

使馆的武职各个制服严整

红脸大胡子的波兰人突然起身走掉

英国绅士不出现，法国军官愁眉紧锁

唯丹麦胖子仍穿那身亚麻布套装

华沙电台叫嚷德国军队已被打退

哦，波兰一片平原，像个大型的比利时

只有少数天然屏障，没有真正的疆界

喀尔巴阡岭脉被亚布隆卡山切断

为捷克进犯克拉科夫提供了现成入口

攻破波兰的全部防线只花了四天

虚伪的波兰政客们不断向人民保证

人民不知一千架飞机在地面上被摧毁

官方告诉骑兵：德国的坦克是纸糊的

肉身的士马就给钢铁的履带辗个稀烂

过去的四天中受尽破坏的华沙

仅剩教堂的尖顶矗指硝烟翻滚的天空

地图上的华沙被粗粗的红线圈住了

在横跨维斯杜拉河的桥头

聚集着挂出各国旗帜的使馆汽车

华沙大约有两千名中立国的侨民

德国炮弹继续呼啸而过，落入河里

拉科斯基上校和瑞典大使当路而站

向卡车载来的人们高声指示，散发通知

美国人的领队是位圣公会老牧师

每到交叉路口他都要停步，对照地图

事后回忆起来简直像秋季结伴旅游

鸟雀吱吱喳喳叫个不停蝈蝈也噪成一片

OK

国务卿和参议院皮特曼就要到了
谢谢你来这儿一趟，能见面真好
以后有任何你认为我应该知道的
就尽快写封信给我，别犹豫
要你绕开指挥系统，这个奇怪的建议
确是与你廿五年来的训练和经验相抵触
无论你行将干什么，可写信，莫打报告
我喜欢你上次寄给我的。几乎看得见
潜艇基地到下午五点就没人影的景象
这说明纳粹德国的很多重要问题
往往一件小事，一块面包值多少钱
街头巷尾的笑话，柏林上空小飞艇广告
比几十页的报告还要含有更多的意义

当然，正式的呈文不可少，然而
这样的阅读实在太伤了我的目力
外国进行着的战争，我们绝对中立
我们买下玛丽皇后号和诺曼底号
用来撤运欧陆各地的美国侨民
这两艘船，可以给盟国一大笔救急的钱
我们得到的是豪华上等邮船，军用财富
是海上同样吨位的船只中最快的
能以续航速度超过任何现有的潜艇
不必曲折行驶，哦，内部装置拆卸了
载荷量特别大，你是知道的，你说得对
"慈悲的力量高出于权力之上"
我自己也是莎士比亚作品的最爱者
OK，走吧，保持联络，好运道

Captain

布鲁克林基地，一派海港景象
驱逐舰成排停泊着，整齐，优美
科罗拉多号自首至尾灯火辉煌
雄伟的主身，塔大炮，瞄射前方
那种恬静的感觉，像是回到家里
抽支雪茄，喝杯酒才有的感觉
一艘战列舰，是各种钢板各种机器
各种时间各种空间配合起来的意思
构成许多形状，取了许多名称
战列舰始终是海上最强悍的骁将
上千种不断改进的容积、操纵、推动力
装甲、武器设备、内部通讯、供应系统
上千种礼节纪律约束着全船人员

从舰长到勤务兵，一个自足的可靠实体

噢，腓尼基，罗马，那时已经有战舰

这是每个朝代的知识和技术的总汇

水面机械的综合物，目的：控制海洋

我直接从军官学校毕业走上战列舰

也曾在较小的舰艇服务过那么一阵子

毕竟我是深深烙下战列舰钤记的人

西弗吉尼亚号，作为炮术军官，前后两年

舰队炮击比赛，曾获得米特鲍尔奖

临阵作出加快炮弹传入炮塔的办法

成了海军的标准条例——日夜盼望的是

战列舰的副舰长，然后，哦，舰长

我不能看得更远了，战列舰的司令官

如同一个总统，一个帝君，一个教皇

当我跟着英挺的疾步前导的舷门传令兵

走过纤尘不染的洁白走廊，心想

果若升为副舰长，我必沉默，说话简明

在桅桁顶端奖旗飘扬之前，谁都恨我

这以后，我无疑是舰上最得人心的长官

锡耶纳

啊，这正是我所企盼的长信

先跳过关于迈阿密的那几段琐记

专找斯鲁特擅长的夹叙夹议

然后再从头细细看，唯恐看完

噢，他留下的德文法文的书

一大堆，我已啃掉了三分之二

每日里空思妄想没有别的事可做

德国由于胁腹攸关的地理位置

人口、精力——自拿破仑败绩以来

他们无疑是欧洲最居心叵测的民族

认为受骗上当已有几个世纪了

世界应该照他们的意志重新组合

心理变态，他们自己就动辄崩盘

自由主义的好德国，法西斯蒂的坏德国

都与接壤诸邦以及天主教有密切关系

这样的讲法我似懂非懂，自认不懂

新来罗马的总领事，度量狭隘的小官僚

让表妹离开此地，倒也是个办法

涉及归化问题还有技术上的困难

罗马本地人都如是说，看来需要时间

我也得走，除了参加哥哥的婚礼

教父几次催促，早点进潜艇学校

锡耶纳，说来真令人厌烦，山是褐色的

葡萄树被剪得只剩下污黑的残根乱枝

一九四〇年的赛马到底默然取销了

天气冷，时不时下雨，除非柠檬房里

闻闻花香，喝咖啡，闭上眼睛……

中尉的祈祷

希特勒入侵波兰之后

未来，是件可以想见的事了

不出一年，美国必定会参战

军人的前程是远大的

也许被打死，断臂，缺腿

在这次战争中可要飞行个足够

运气好，就会有优异的记录

华伦中尉是信奉上帝的

上帝比传教士说的要宽宏大量得多

能创造性和爱这样奥妙的剧情

想象力丰富，决不会迂阔从事

华伦中尉坐在天花板高高的房间里

凝望着单身军官宿舍外的草坪

月色，寂静……胜利后的旖旎风光

政治对于他越来越有吸引力

贪婪学到的历史知识使他懂得

在战争中政治家才是领袖，军人是工匠

他细心观察来巡视军校和舰队的大人物

笑容可掬，目光忧虑，松弛的肚子

父亲的野心也就是成为高级将领

中尉走到窗前，望着天空低声祈祷

小时候跟父亲上教堂经常这样做

主保佑我通过这次考试成为海军飞行员

假如我能活活经历这场大战

那末，华伦对繁星闪烁的夜空笑了笑

好，那末等着瞧吧——行吗

中尉仰面做了个遥远的媚眼

生　命

来听保尔·孟森讲课的人出奇地多

总有二百余名穿卡其军服的飞行员

小课堂里满是气色鲜妍目光机灵的青年

跟别的军官一样保尔是个骄横的演说家

这时他向学员讲授如何避免死亡

大家静心谛聆，好像死神也在门外偷听

保尔用幻灯图解耍弄许多专门术语

忽而幽默地血腥地穿插几句闲话

什么是在航空母舰上降落时的危机

接近舰身，生死关头，撞了该如何动作

暗示听众可能会死掉，学员们大笑起来

这群挤着端坐的短平头发的小伙子

发出那种像舰上被服室的辛烈气味

希特勒进攻波兰的第二天，谣言四起
华盛顿下令将飞行学校的人数增加三倍
一年的课程缩短为六个月，全校如此
先应取得驾驶大型慢速巡逻机的资格
然后是侦察机，飞得相当不错，很好
才能编入空军第五中队进行战斗训练
眼下要同时进行巡逻侦察战斗的考试
名单明早公布，希望能进第五中队
心里回响着刚才那堂二百余人的课
保尔·孟森本来就是演说家，不可一世
飞机撞上航空母舰，刹那间该怎么应变
他把足以叫人兴奋的事件都讲了个透
大家笑得嘹亮，这群短平头发的青年
发出一种像舰上被服室的辛烈气味

斯维纳蒙台

阴晦下午，斯维纳蒙台船坞

低垂的乌云酝酿着暴雨

度过柏林的闷热之后，哦

波罗的海的东风分外凉爽

平坦荒芜的岸滩很像纽伦敦

如果不理会旗帜和标志

大国的海军设置是难以分辨的

人们都不假思索地仿效英国

是它率先把工业时代引到海上

沥青气味，炽热金属，焊接闪光

起重机嘶叫，紧铆器嘎啦嘎啦

一段段直的或弯曲的钢构件

黄的红的雷管在半空中晃动

巨大的敞棚车间，钢缆，汽油桶

满身油垢的男子们，硬壳帽

站在横架上，用木料支撑船体

以免半完成的船体朝污水倾斜

他们谈话的当儿，汽笛响了

工人们从船坞车间里涌出来

一忽儿就挤满通向大门的甬道

海军造船厂向来就有这个危险

每到下午五点钟，赶快拔脚逃命

不然他们准会把你踩扁，踩死

码头，另些艇面的人员，短裤，裸身

把灰色的垫子铺在起重机轨道边

奋力摔跤，围观者齐声喝彩

落日穿出乌云，红光照着整条港岸

白阑干

明媚的卓午阳光

邮轮像火车般地前进

两岸浅滩翠绿连片

阳光照着黄甲板，白阑干

不错，这个国家真优美

不莱梅港和柏林之间

许多北方的小城

建筑颇似英伦的都铎式

威廉二世是维多利亚女皇的外孙

英国宫闱曾长期只讲德语

要是说真的，德国人看英国人

比对因纽特人还陌生

德国盘踞欧陆中心

这些令人心乱如麻的表兄弟

从四面八方冲出来

从朴茂的村庄，童话里的仙境

从清净幽倩的城市中冲出来

科隆，纽伦堡，慕尼黑，汉堡

这些彬彬有礼的音乐行家圣手

一下子都成了嗜血的恶魔

他们即使取得世界霸权

最终也要被滔滔臣民所同化

就像哥特人汪达尔人之成为基督教徒

就像微风吹过黄甲板白阑干

就像火车般前进的邮轮

翠绿的两岸浅滩

卓午，阳光明媚

柏林留言

瞧这些隽爽多礼、诚恳幽默的柏林人
街道整洁，雕像优美，巴洛克建筑庄严
花园，剧院，宛如处于郁郁的林海之中
纵横的运河，雅致的小船，尖巧的烟囱
正是这些精妙男士刚刚在波兰狂轰滥炸
把一座与柏林同样尊贵的古城摧毁殆尽
是呀，战争时期前后方的对比总是悬殊
拿破仑在国外攻城略地恣肆横行的日子
巴黎的妩媚不减当年，益显得风情万种
《我的奋斗》的扉页，谁用波兰紫墨水
开列了一批作者和文集的名单，斜体字
多半是条顿族的：费希特、阿恩特、雅恩
史雷格尔、鲁斯、弗里斯、特赖赤克

门采尔、拉加德、朗本、斯宾格勒……

范·登·布鲁克、默勒、海涅、勒南

有几个人物在现代文明史上容易碰到

像蛋糕切开后的一粒粒葡萄干清晰可数

康德、黑格尔、叔本华、尼采、贝多芬

德国文化伟大机体——纳粹主义是毒瘤

日耳曼思潮，浪漫，狂飙，国粹至上论

应推溯到公元九年，军事领袖阿米纽斯

一举将罗马人永远阻止在莱茵河的对岸

保全了欧洲腹地的圣殿，导致罗马灭亡

至今还影响着整个欧罗巴的原旨和方略

不妨看看泰西塔斯关于此次战役的描写

好吧，星期四飞往奥洛斯，再去伦敦

也许途经里斯本，反正赶上什么是什么

七

辑

《田野报》的读者

各种球赛，拳击比武，弹子房记录
都能把我从百无聊赖中解救出来
有时会弄到几分过期的《田野报》
读之津津有味，不惮反复，甚慰饥渴
仿佛又回归春意盎然的英国乡间
玉色小溪，飞蝼蛄，草坪雄鹿
一群群盘旋在树林上空的白嘴鸦
这些被我翻阅得破碎了的纸页中
还闻觉湿土的暗香，沼泽泥煤的酸气
大片青苔，雪点点，苍鹭的遗矢
英国的新闻是可以念的，都可以念的
易惹伤感的细节由我自个儿去剔除
秋天的浓雾，海潮的咸腥，也磨灭不掉

某些人有精究"铁路指南"的嗜好
将无法联络的地区沟通之，以为消遣
我知道每带陇亩的领主和雇农的姓氏
也知道总共宰了多少只松鸡、鹧鸪
训练小犷犬的猎夫排名一个不漏
农作物的生长，肉类价格，猪的怪病
我都感到兴味，读来毋需用脑子
葡萄园乱七八糟，石阶断缺
变得无关紧要，只在我是否愿意
完全可以凭自己的想象恣肆驰骋
哦，从露水淋淋的横条篱笆上
摘下几朵指顶花和剪秋罗
画画吧，别以高尔夫桥牌磨蹭时光
离开海军部后，邱吉尔如是说

立 陶 宛 公 使 馆

圣诞前夕，傍晚彤云密布

我需要运动，呼吸新鲜空气

报纸上看不到什么消息迹象

俄国对芬兰进攻，无足为奇

商店橱窗里摆得花花绿绿

服装，玩具，酒和食品，都不卖的

帷幔后隐约透出节日的颂歌

想见灯光暗澹房间，裹着大衣

守着胡乱装饰起来的小枞树

喝淡啤，吃马铃薯、咸鲭鱼

一九三四年，一九三五年

我经常要到那里去消磨时光

立陶宛公使馆在马查佩广场

官邸安静，和平又民主，战后新兴

语言虽异，比波兰使馆愉快些

我之所以过访，早已没有政治色彩

只是为了要见奥斯卡·米沃什

约他到街角意大利铺子吃通心粉

我的作品被他从法文译为拉丁文

谈起伊莎杜娜·邓肯，谢尔盖·叶赛宁

那个俄国小流氓在巴黎发酒疯

米沃什当初借住我家时我还差劲

中学里他比我高一年级，嚼口香糖

边嚼边向我讲解他的投资设想

这个国家缺的是一座真正的跳蚤市场

像伦敦的波多贝罗，会迷路的

营造雾围，招来各路摆摊的手艺人

瑞　士

苏夫赖塔旅馆的古调逸趣

比旧朝的行宫更处处逗人幽思

房租著名昂贵，来宾有增无减

冯·哈里斯惯常选定此地安身

此次他去美国，房间委我驻跸

我代表他出庭的次数也越来越多了

住客们在顶层玻璃大厅不约而聚

平卧曝日，凝神敛息，体态端正

毋使身子动弹，方显得贵胄本色

像横在烤肉架上的一具具木乃伊

他们认为晒脱几层皮即增几多岁

旅馆老板间或走来，这儿那儿清坐片刻

老板的父亲与他们总是熟识的

同寓者朝夕相见顾盼致意的那份风情

犹如在远洋轮船的甲板上，餐厅里

厚交数日，届时登岸分手，概不在怀

急功好名的人想的是滑雪冠军

联邦议员，花花公子，粒子物理学家

唯我知足常乐，只待坐上一把交椅

再加一份差堪相应的收入，哦

躺在玻璃天棚下作日光浴是无疑的

但凡有影响的报刊电台在耶诞前夕

素来不登载惨案噩耗或绯闻

酒吧女郎死也罢，半死半活也罢

这与此地神圣的节日气氛格格不入

大厅里的枞树，民主政治的摆设

即使有小偷也必是个外来的富翁

偌大的花圈

十二月六日，星期三，很早就回家

阅了十一月十八十九两天的日记

向拜占庭称臣，以待占领君士坦丁堡

年复年年，朝朝暮暮吃喝，想入非非

我并不认为自己缺乏谋略走投无路

读孟德斯鸠，与人打交道，论各国局势

其实使我感兴趣的是他们的生活门径

我也读海德格尔的《关于真理本质》

街上的车祸比这册书更吸引我注目良久

九岁的埃利科说，动物院上空禁止鸟飞

那些笼子里的鸟见了要绝叫拒食撞死

七月廿一日，星期五，夜十一点微雨

置身多奈咖啡馆，饮坐移时俄而悚觉

以手势示意，没有半个招待走过来

去账台：一杯葡萄酒，半瓶圣佩勒里诺

忽听得有人用蹩脚的意大利话向我致歉

她已会钞——这是为了什么，小姐

九月十四日，星期六，晚八点半，晴

务必到苏夫赖塔旅馆找冯·哈里斯

瑞士有影响的报刊密切注意着这件事

电车中眺见卧放在路畔的成排墓碑

等待买主的墓碑比坟地上的更哀顽动心

墓碑竖起，恰如邮票盖印戳，就此注销

电车人满我被挤得糊涂直挤到紧底

旁边端坐一位老太太，拿着偌大的花圈

她把半个花圈搁在我的膝头上，安然

缎带有字"我将永远怀念你"像是指我

赛拉比吉号

晕船现象启程两天后的夜间解除
烦闷的心情第四天晌午烟消云散
十天过去，觉得女客们并非全然丑陋
她们不再哼哈作答，言词委婉起来
男士们一块儿抽烟，交流旅程之对策
航线有多条，不期然公认英国为中心
大东线自南安普敦出港越比斯开湾
入地中海经苏伊士运河抵澳大利亚
而后分支，到印度到锡兰到中国去
大美线横渡大西洋直达纽约波士顿
这段航程最乏味，凡北美线都只如此
再有一条开往非洲海岸的定期班轮
西印度线可赴墨西哥古巴圭亚那

哦，法国人找那些产糖的法属岛屿

老西班牙人寻昔日帝国的废墟凭吊

新西班牙人中不乏印第安族血统者

没准儿还有棕榈叶作旗帜的南方公民

什么才算远洋轮船上的罗曼蒂克呢

餐厅只可能为一百名旅客准备食品

船上一百三十男女，未闻有斋戒断食者

我早早把名片放在碟子中，退而守望

开膳前摇两遍铃，隔半小时，更衣整妆

天已变，觉出热带气候来啦，是不是

男人家从来没有因为孤独而受罪

噢，夫人，我要说您在这点上大错了

您的鞋子挤得您脚疼，您是知道的

别人的鞋子紧不紧，您就不知道了

西班牙的蔼列斯

其实这里已无任何悦目之处
对于物质的东西，向来看得轻
好些的，拿走了，又来拿了
她有这个权力，买是她买的
剩下几面墙，一架大钢琴
土红半旧的维也纳地毯
早就不再年轻，也尚未迟暮
四十岁，按说是男人成熟的起点
秉性谦韧，行谊徇达，幽默间作
因此生活上就没有发生什么困难
世界呢，酒馆饮料莫非雷同
各地的夜晚，尤其天空，即使
上维芮托村，到耶里谢依原野去

过后便乖乖儿回旧址将息

以前我对旅行确曾非常之着迷

商务参赞的车从埃斯科里亚驶至

黄昏时分，天转黑，落得万家灯火

上了年纪的长相像德国人的女店主

呆愕未决，她说，你们想吃些什么

我们可以到院子里去吗，太太

一张撒满树叶和鸟粪的木桌边坐下

要蔼列斯——颜色与白兰地相仿

纯正的西班牙蔼列斯，香味大可喝彩

蘧蘧然喝了第二瓶，甚至品尝血肠

恰如用油烟和毛毛虫塞出来的

与保加里亚圣诞节的血肠根本不能比

还没说完十句话，天就扑地全黑了

头顶大颗大颗卡斯提里亚的星

下次可不能再那么温良，那么仁义

人性虽有几种好品质，依我之见

当大家都说你幼稚的时候

终究感到荒凉，希望从此老练起来

绿 河 口

福斯，费尔德，意即绿色的河口
玛思卡赖洛河至此告终而入海
这条古老的水道被拖得精疲力竭
到了尽头，流归流，提不起劲来
两岸草木寥落，平平淌进地中海
城市之陬无非荆棘叶，砾石堆
海滩浴间，漆着斑马型的条纹
十月，时气阴凉，浴间闲置已久
那边地势较高处是一条公路
路旁房屋挨房屋，商场食铺咖啡店
仿佛争先恐后都要向大海涌去
只是被街道挡住，才不致纷纷投身
夜，霓虹灯，海鲜馆，三 E 酒

如果我住久了也会发现可爱的东西

我一宵要惊醒好几回哩

这种三百六十天日夜开放的旅馆

窗幔怎么也算不得厚实

我选订了车，司机年轻稳健

何去何从自己心里也没有数

让他作主，沿着海滨那么行驶

好像是离开福斯，费尔德

又不愿大海在我的视野中消失

熟识的东西对我来说是一种依凭

陌生之感，等于是我被遗弃了

波多菲诺的老渔夫对我说

在他的一生中曾有过许多劫难

大半数是没有显露出来的

SOFIA

轮胎发出轻巧的有节奏的碎音
像下雨，为了要听听加速之后
又急刹车的那个戛然的制动声
我猛地转盘拐到所谓的林荫道上
前灯照得一排房屋清晰如模型
我还不好算孤独，引擎陪伴着我
汽车会泄出臭气，但人也打嗝
喝了酸葡萄酒吃了蒜头就要打嗝
此时，只有索菲亚旅馆餐厅还开着
泊车于广场，熄烟斗，置身电梯
心已平静下来，其实勿去餐厅亦可以
我岂轻易买醉嗒然若丧之流哉
穿过大厅，低头疾步，找最里的座位

我的心还未全然平静，而且空洞

要什么呢，意大利的白尔慕特

稍带甜味，个性模糊的市井饮料

这种酒实在不值得一顾，可是这么晚

再有什么好讲究——我环眺四周

餐厅杳无人影，寂静已退入窗帷襞裥

冷盘小牛肉，算是本地风味

又要了杯白尔慕特，要了杯纯威士忌

免加冰，饮完后身上有点暖洋洋起来

我多半是个酷嗜思索的懒汉，对于音乐

天体演化，太空物理，一任逍遥失归

马德里惊艳索菲亚巴黎惊艳各不相同

要说真正的卡斯提里亚之夜却是见过的

曾记得我坐文化参赞的车往回走，晏了

我们跫入的那家餐馆又肮脏又破旧

没桌布，地上骨头虾尾，灯影幽幽摇晃

几个筑路工人靠在吧台前，青春彪炳

耀眼的身材，看得出是喝多了，帅极了

按照西班牙人平常的酒量而言，规矩

156

他们相当守规矩，知道生活应该和谐

我认为包括艺术，自然的本质是和谐的

如果没能在某种事物中找到它的和谐处

那，要么它欠完善，要么我尚未理解

近来发现我所做的蠢事熟练得接二连三

满以为自己在往家里走，匆匆地，结果

闯进了前妻的花园，蔷薇开得正茂盛哩

罗 马 无 假 期

罗马，二战时号称不设防的城市
而今对我处处设防，务必精心斡旋
车子开得快，景物更迭，我茫无所见
即使是来不及拿到航空脱境的津贴
口袋里已平添三笔钱，一笔作整容
另两笔，支付希拉赫皮森蒂他们
钞票之美，美在两面都没说明来源
我首次感到摆脱物质困窘后的飒爽
身边还有为期好几年的旅行护照
范芮托街的那家大客店人多眼杂
换到拉齐亚诺勒街的这家较为妥善
顺手取得转到玻利维亚的签证
预定了去该国首都的头等舱飞机票

十二月廿四日星期天，普天同庆的佳节

好处在于办理各项手续免于拖泥带水

车子颠簸得厉害，这段路实在不像话

海岬的崎岖使我打起精神来驾驶

玛斯卡赖洛河口，望去这样的黑洞洞

河对岸酒馆，几许微弱的淡黄灯光

渔夫们在喝酒，吹牛，我亦该回旅馆

风声压过涛声，涛声又盖过了风声

车子缓行于沙砾和荆草上，天涯海角

就这样一个人什么都得从头来从无到有

举凡天才都是行动家，把意向付之实现

莱辛划然答道：拉斐尔即使没有双手

他也会成为永世颂赞的大画师

构思宏伟已极，那末更宏伟的是完成

伦　敦

你如不睡，就发现城市也没睡
河滨路和舰队街的店铺灯火辉煌
戏院子，载客的运货的大小马车
考文特花园附近的忙乱，狎邪
风尘女、更夫、醉汉，厉声怪叫
勿管什么夜晚，勿管什么时刻
步行道，人群，灰雾，泥泞
阳光照着咖啡店，旧书店，图片店
在书摊上讨价还价的清癯牧师
从厨房里迂回飘出来的浓郁汤味
伦敦是不闭幕的哑剧不散场的舞会
丰饶的生活使我走在街头流下泪来
把心投给市景，真可谓一本万利

我的相好也都是当地产的，纯种的
我诞生的房间，家具什物历历在目
那个随我到处搬移的书架，忠实
像条狗，不过它更有学问些
居室暗暗，亮的是通衢，广场，老学校
老学校里有几块上我晒过太阳的地方
我也曾去克尔克莱寻访新婚的兄弟
又从爱尔兰回伦敦继续找自己的运气
夕阳映着枯枝，高楼之钟一句句报时
怎么这些屋顶这些烟囱好像，有点像
监狱围墙上的雉堞，它们自己没觉得
而大自然之爱，长暌久疏毕竟消淡了
城市人的迎拒，离合，周旋，难解难分
对于我是永远新鲜，绿莹莹，暖烘烘

予尝著《狭长的雾围》，奢谈了畴昔中国
小街的诡谲可爱——读者为谁，先想到兰波，
这个亚当时常心不在焉，于是转念兰姆，我

对查理斯·兰姆所知甚少，本能地感到他会喜欢这种"小街"，后来，才得悉他与我一样不太在乎大自然。二十世纪就这样末了，再到伦敦没有什么可看了，住也只好住在勃朗斯旅馆，他们把上世纪用来暖被窝的长柄铜斗，挂之大厅作壁饰，这算怀旧呀，伦敦也真乏了。泰晤士河岸铸铁的灯柱是故物，傍晚，商人们从金融大楼中散出来，到船上喝啤酒，我混入商人丛里，像一片甲骨文掉在大堆阿拉伯数目字中。啤酒我也喝，河风拂面，仲夏，天快夜下来的半小时。

RENAISSANCE

驾车去锡耶纳路程三小时

顺着辙迹可循的弟道向上驶

这个怪诞的村镇以前我来过两次

镇上全是赭红色的城楼、雉堞

狭窄的街巷弯弯曲曲，忽明忽暗

中央华丽的教堂，座落小山之顶

周围成片绿色，托斯卡纳葡萄园

使这地方著名的是仿拜占庭建筑

再者每年的赛马，据说很有自己的特点

那末为什么要反对意大利文艺复兴呢

不相信大卫长得像阿波罗

摩西也不可能貌若朱庇特

圣母玛丽亚膝上的孩子是借来的

他们忘其所以地把圣经上的犹太人

变成当地的意大利人，攀亲希腊人

异教和希伯莱精神并非敌对

不知怎么一来，短期内同体繁荣了

文艺复兴是四个单身男人的自我完美

留存丰饶遗产，无胤嗣，空有狂热信徒

我到三年级时就选修了美术

运动员往往会看中这门课程

平素不做作业，缺席半数以上

那年月我租的房子俯临亚尔诺河

黄浊，蒜气熏熏，下水道秽臭

来佛罗伦萨后改掉喝啤酒的嗜好

击剑，我都进入决赛，尽管如此

考试的劣等成绩，使我大吃一惊

BULGARIA

而那正是寥廓明净的旷野

纹丝不动的树木使我陶醉

翌日清晨，沐浴后独自行去

古老，幽静，没有鸟雀啼声

一直走，向金色大戟花的深处

林中空地，灿烂阳光，站着

又怎么样呢，只好回旅馆寄身

咖啡厅设在顶层，廉价的

平庸的白兰地，除此别无选择

我喝得多，慢，窗外日影迟迟

喝得愈多愈感到自己愚蠢和胆怯

晚上咖啡厅关门，转入卧房

矗立在窗前的松枝芳香习习

说到底一个人精神是否失常不打紧

重要的是生活舒适，无所企求

德国旅客都穿短袖衫戴鸭舌帽

他们饶有兴趣地望着我，颇示敬意

算了吧，今天第三天，末脚一天

明天走人，可是为何非要等到明天

时候还早着，山间的峡谷阴暗如夜

清扫工她们在快乐地啰嗦

用湿濡的拖把使劲擦洗凉台

想什么呢，最好的办法是就近信步

只要愿意花上几分钟的时间

听住民们谈话，日常琐碎的对答

便能使自己醒豁，澹荡

等同于一介孔武有力的凡夫

《厨房史》的读者

人是各色各样的

故欲投其所好，煞费周章

鉴于上述原因

在斯特雷纳先生的酒吧中

我自个儿坐得离众较远

又注意位子莫距账台太近

以免误会甘与粗鄙溷迹之嫌

先来杯柠檬汁

选定烟熏鳟鱼时关照一声"要清淡"

对盐渍鳕鱼子，问"是褐色的吗"

世上没有哪个侍者会说鳟鱼的盐放多了

也没有侍者预报鳕鱼子漆黑如深渊

这些要求（明白而得体）

我素不挑剔，并非难以奉承

白葡萄酒太冷（做作）

红葡萄酒过热（肉麻）

饮食之道，世袭而先验

总得叫侍者来回跑几趟

最近我买到了原版的《厨房史》

内中颇不乏闻所未闻者

饮食也曾有它的宗法制

公元后四世纪

格拉蒂阿努颁了道谕令

凡出身低微的死罪犯

临刑前取消美餐一顿的惯例

奥古斯都皇帝又诏另类立法

他给稍及品流的犯人保留了这一顿

噫，知识陷我于悲观

自从读过《厨房史》

每当坐入酒吧，恍惚

恍惚绞索之下的活祭奠

幸而我别有《巴伐利亚厨房十日记》

载明慕尼黑小牛腿煮谱极其完备

（请原谅我再吹几句）

区区藏书目录中

单是五种文字的烹饪术有两百本以上

平时，我食少，也非军机烦冗

就像心存双份厚爱，已无一个薄情人

储蓄俱乐部会员

上储蓄俱乐部打牌，输了

喝啤酒后回家，有点儿过量

神志反而清醒得海阔天空

竟悟出整套战略战术来

凡临大事，主意必须自己拿

我决定再度借重福诺韦克

德国人，使我忆起苏彼得少校

心心相印，哦，瑞士人可丧阴骘哩

他们根本无所谓理想主义

就说新近出现的岑伯赫吧

乍见很像电视中的网球名将

交谈之下，他那条如簧巧舌

实在与犹太驵侩没有什么差别

没错，我不该在这个时候输钱

也只是星期三，才上俱乐部

这算我唯一散心的去处

归途穿越黑尔纳斯大街

霰雨霏霏，真叫阴冷彻骨

街灯如鬼火，身后有脚步声

我斜刺里入仄径，转岔路

四罐啤酒，不算多，能平安回家

家门口我还踯躅，寻思

想到了他，哈比希尔博士

在此公面前我可以畅道私衷

眼下同属一个俱乐部，熟人嘛

他不会向我要价太高

他太有神通为我化险为夷了

丹 · 伯克小馆

河水蜿蜒流向都柏林，几处波光闪烁
城市灯火斋皇，照明天空翳瞪的积云
一列货车驶出金斯站台，汽笛声声
像红头的长虫穿破黑暗又没入黑暗中
查佩利佐德桥畔电车顶风轻嘶而过
街面人迹稀少，干枯树木落尽叶子
小酒店老板谄媚地端上饮料，不说话
工人们讨论着基得尔郡庄园的经济价值
四年之前，严寒的夜晚，咸肉刚欲入口
瞥见水瓶后的邮报，谣言终于句句证实
咸肉放回盘子，侍应生问是否味道不对
四年过去了，生活恢复常规，父亲逝世
楼窗外，城基的废弃酒厂挡住视野

每天乘电车继之徒步，这又怎好算命运
黄昏，踱越公园，手杖点响石子路
多半是乔治街一带适度地买醉、即食
在自己的心中组合几个关于自己的短句
主语必是第三人称，谓语要用过去式
就如这杯淡啤，再加那碟竹芋粉薄饼
丹·伯克小馆可以避免空泛攀谈的麻烦
爱莫扎特，不入教会，听女房东弹钢琴
随时随地赞成别人改过自新似离无音讯
麦努斯教义问答手册仍然搁置书架顶层
亲戚死亡，护送遗体去墓地，独自回家
没有伙伴所以也没有冒险的事情发生
不均匀的呼吸，接下去要变为叹息了
非常寂静，再一次倾听，还是非常寂静

都　灵

雪落在卡里尼阿诺宫的暗红墙上
雉堞，窗棂，门楣，雪已厚积
焦贝尔蒂的雕像矗立广场中央
雕像并不出色，变得可谓壮丽了
看看表，五点，宫墙次第变黑
沿街连拱廊下漫步，廊外，雪和雪
旅游俱乐部的导游手册上谆谆说
都灵的沿街连拱廊长达十四里
世界上哪个城市能出手如此豪迈
也许博洛尼亚，也许帕多瓦，能吗
比不上都灵这么高大，宽敞，优美
走着走着夜色愈见浓重，到了街角
芬查里诺路和维托里奥路相交处

我从来承认，布尔乔亚的都灵，哦

十九世纪的都灵，以这个街角为界范

连拱廊始于河岸，斜坡过市，至此汇拢

这条路的最后一段渐渐惨淡荒凉了

监狱，圣保罗地区，工人，厂房……

经过这么多年，好像上帝造就安排停当

资产阶级的都灵和工人的都灵没有鸿沟

十九世纪和二十世纪，也没有鸿沟

我原先觉得芬查里诺路和维托里奥路

相交的这个古老街角是引接大海的栈桥

一条在黑夜中通向未来白昼的甬道

现在，面前的，大海已坚决化作陆地

布尔乔亚心甘情愿委身于普罗的都灵

任凭怎样说，银花纷飞的初夜到深宵

为了排遣忧闷而沿着连拱廊走的男子

无论是资产者，或工人，或什么都勿是

到了芬查里诺路和维托里奥路相交之处

总要不由自主地伫立一会，想一些事

175

山茱萸农场

唯不列颠人正确

早年，我服膺了这句话

一所英国公校把我熨得平平整整

旋踵入剑桥，国王学院卒业

1939 年漫游西欧，逛了大半个美国

华彩的，警策的，趾高气扬的篇章

至此显得傻薄，盲从，唧嘤然苟安寄生

没有比雨点般的炸弹更促人估价自己了

夜晚独坐在伦敦寓楼的起居室里，结论

我的成就还几乎等于零

滞留中东的整个战争时期

频频梦见童年的河流，村庄

这种愿望又被沙漠景象所加剧

直到我军进驻希腊，骤尔满足

雅典古迹美，自然风光美

人遇人，简明醇酥浑穆

不意部队在英国解散

要么株守物质和精神的基地

作个无效率的人

要么转返故土，附丽于日耳曼宗祧

说实在，伦敦的餐馆我已厌恶之极

软哚哚甜腻腻的炖马肉，唉，回吧

回卡斯尔山买下一个农场，莳花种菜

饲养德国小猎犬，萨纳山羊

居有顷，我又感到不对头了

四陬伸延着澳大利亚的莽莽旷野

在这里，思想最卑贱，富奢才是人

漂亮男女用毫无判断力的碧眼搜视一切

人的牙齿像秋天的树叶般地掉落

汽车后部的玻璃每时每刻在增大

只将肉馅饼 T 骨牛排奉为好食品

强健的体魄称王称霸

我素未在作画和作曲上受过挫

惯常赋予我的文句以美感乐感

委拉斯开兹，葛莱珂

西贝柳斯，马勒

如果我光是坐在赛纳河左岸

自然的世界和音乐的世界都不来昵媚我

艺术奇葩，沉默中更易绽放

行年四十又六

在国外虚度二十春秋

毕竟又想起卡斯尔麓坡

山茱萸农场，方圆六英亩

多说无聊，尚不免稍作解释

纯净和冲虚的境界未必可能而值得向往

颓唐与失败却为渺茫的探索提供了途径

曾接见一位练达而痴情的记者

他笑道，如果回去，如果你再回去的话

各种脸色，肤色，发色

会源源不断涌上你的调色板

终于他的话启始应验，纷至沓来

年轻人的信，各有一番酝酿的交浅言深

这位旅行杂志的记者亦悄然投书

他写道：若使只眷念家园纯美

那是涉历有限，鉴赏欠精

待到每块陆地都好像自己的国土

就快要成为强者了

随后将整个世界看作淡漠异乡

庶几乎形而上上，炉火终于纯青

我答复从简，疏宕之性难改

至今约略记得末尾两句，如下

虐杀沙皇全家，我未与谋

尼古拉二世的葬礼，我也不送榇

附　录

巴赫（J. S. Bach）去世时，出版的作品未满一打，其声名远不如他的儿子卡尔·巴赫（C. P. E. Bach），而当时的乐坛巨擘是泰勒曼（G. P. Telemann）。

巴赫的晚年处于十八世纪中叶，"巴洛克"已近尾声，"古典"隐约在望，多旋律的对位作曲法被认为陈旧迂腐，流行走红的是单一旋律的和声作曲法，唯巴赫继续用严谨的对位法为教堂写清唱剧。

时至今日，往昔炙手可热的泰勒曼和卡尔·巴赫早已暗淡，约翰·塞巴斯蒂安·巴赫光芒万丈。

音乐，经巴洛克、古典、浪漫、现代，迤遭如仪，辈有天才领风骚，若就改革的幅度而言，允推勋伯格（A. Schoenberg）为先锋，一九〇八年他发表了无调性的《第十一号钢琴曲》，彻底扬弃大调小调的宗谱，在无调性音乐中，和声的进行没有一定的规则，不协和弦毋需解决。勋伯格还发展出一套条理井然、严密如数学的"十二音列系统"，从纸面上看，很美，用耳朵听，难受。

垂暮之年的勋伯格说："我心中经常波涛汹涌，渴望回到以前的风格，有时竟致难以自持了。"七十岁，他写成具有传统调性的《C小调主题与变奏》。他曾一脚踏碎音乐历史的基石，前卫，激进——没落而消淡。

J. S. 巴赫并非保守，宁是迈迹，他只认为自己的作曲法适合自己，写好，写透，就是他的"完成"，而与巴赫同代的音乐家终究没有写好，更无论写透，姑且称作为"行过"，纷纷行过，纷纷。

关于《赋格的艺术》，卡萨尔斯（Casals）说，那是巴赫音乐思想无可比拟的里程碑，我们几乎不敢信以为真，仿佛他有意告诉我们：让你们看看，我是怎样的人，我能走多远。

2000